국립중앙도서관 출판예정도서목록(CIP)

쉼 : 마종옥 제3시집 / 지은이 : 마종옥. -- 서울 : 한누리
미디어, 2018
　　p. ;　cm

ISBN 978-89-7969-790-2 03810 : ₩11000

한국 현대시 [韓國現代詩]

811.7-KDC6
895.715-DDC23　　　　　　　　　CIP2018042020

쉼

지은이 / 마종옥
발행인 / 김영란
발행처 / **한누리미디어**
디자인 / 지선숙

08303, 서울시 구로구 구로중앙로18길 40, 2층(구로동)
전화 / (02)379-4514
Fax / (02)379-4516
E-mail/hannury2003@hanmail.net

신고번호 / 제 25100-2016-000025호
신고연월일 / 2016. 4. 11
등록일 / 1993. 11. 4

초판발행일 / 2019년 1월 2일

값 11,000원

※잘못된 책은 바꿔드립니다.

ISBN 978-89-7969-790-2 03810

섬

마종옥 제3시집

한누리미디어

시인의 말

바늘에 실을 꿰듯
한 땀 한 땀 시를 꿰었다

어느덧 일곱 해

작은 밥상보 하나 짓는데도
여기 저기
실밥투성이다

차례
CONTENTS

시인의 말 · 9
작품리뷰/ 김재엽 · 132

1 봄春

017 자연 사전
018 초록은 거듭거듭
020 인공미人工美
022 고압선 철탑
024 마음호르몬
025 서산 소
026 보물이 생기다
028 분꽃과 아버지
030 매실이 말하다
032 헬륨 풍선
033 개심사
034 똥 고개
036 마음 쪼개기
038 벚나무의 감성들
040 손
041 초록 소문
042 군손님
044 몸살 깨우기

10

2 여름夏

049 평상의 인심

050 거미네의 내부

052 하늘도시

053 걸음의 무게

054 귀농 참외

056 달의 전상서

058 지하철 택배

060 사 남매의 불협화음

062 비와 통신하다

063 커피

064 서산 호수공원

065 불청객의 습격

066 포도밭 농사

068 우경雨景

069 허기의 농도

070 나라에 목숨을 바친 선열에게 읍소하다

071 노숙의 울음

072 바다, 그대의 그림

차례
CONTENTS

3 가을秋

077 발끝
078 외할머니 다이어트
080 바람의 구멍
082 재래시장 풍경
083 3000번 몸을 던지던 날(철야기도)
084 공군씨
086 경계를 넘은 귀가 가쁘다
087 예禮는 우아하다
088 사계의 역에서 사기詐欺가 자라다
090 섬
092 소리를 만지는 것
093 밤꽃
094 연명 수당
096 바람의 눈
098 펜
100 한통속
102 가슴 이별
104 통일씨
105 꽃잠

4 겨울冬

108 핏줄

109 보약

110 일촌관계

112 돈, 품에서 곰삭다

114 뇌 잔혹사

116 짝

117 육십 세의 작품

118 가래떡과 아버지

120 초보운전

121 관심사

122 붉은 올가미

124 기일

126 24시간

128 아홉수

129 갈치구이

130 우리 집 건강증명서

131 이별의 꽃

1부

봄 春

자연 사전

엉덩이 착 붙이면 족족 새순이 돋는다
노랗게 내민 얼굴을 봄볕에 익히더니
그 얼굴
백발의 어미로 중매쟁이 바람을 기다린다

자연 재배에 바람을 일으키는 민들레
그해
이씨 집안의 꽃봉오리가 되어
꾸밈족두리와 코고무신까지 신고 색동저고리 빨강 치마로 감싼
치마폭의 곡조로 출렁거리다 흥건하게 들어온 말은 꽃술 배역이라
덕담과 밤 대추를 한꺼번에 받았으니 한 가정의 중앙에 꽃밭을 일구는 것
낯설고 물선 며느리에 서른 살 남편까지 스몄으니
세상으로 꺼내 준 노모는
둥근 심성만이 참을성이라며 당부를
이불 보따리에 찔러 넣었다
민들레 훨훨 자연적인 재배로
푹신한 방석이 깔린 그 자리에 봄나들이 중이다

초록은 거듭거듭

나뭇가지 후끈후끈

거듭거듭 산란을 해요

흥분을 고조시키는 촉새가 소문의 수치를 높여요

진달래에 살짝

개나리에 살짝

산골짜기 새댁한테 살짝

엉덩이를 곧추세우며

봄나들이 나온 벌떼를 불러 모아요

삼월의 애교에

초록은 야금야금 봄을 넓히는 중이에요

코 찡찡한 바람이 곰팡이 입술을 스쳤다는 등

위태롭게 매달린 거미줄을 당겨 감겼다는 등

겨울을 버리겠다는

산자락 으름장의 폐가 소문이

봄의 이력이 펼쳐진 밭고랑 옆구리를 찍으며

삼월을 캐고 있는

마을로 내려오고 있어요

인공미人工美

가로수를 다듬는 아저씨가 가을 소식이다
압구정 지하철역 일대
성형외과 간판을 가로지르는 나무이파리들 조각조각 성형중이다
절뚝거리는 가로수를 위로하는 건 편의점
그늘이 사라졌다, 그 많던 참새들은 어디로 갔을까

잡지사 표지 모델이었던 친구
오뚝한 코가 쌍꺼풀을 건드렸을까
몇 군데 양이 차지 않는다고 얼굴 근육을 자주 토닥거렸다
특허급 유전인자를 고쳐 곱씹더니
결국 성형날짜를 받아온 입 자랑에 내 귀는 맵다
어릴 적 철수를 홀린 그녀의 윙크가 뜯길 것이고
성형에 꿰인 코는 물큰물큰 경련을 일으킬지도 모른다

상업적 광고 속에
나이의 속도를 위반한 미인들은 성형외과 로비에 나란, 빽빽하다
천연을 해체할 작업이 진행되는 동안
수술실 문은 잠겨 있다

소문의 의사는

늘어진 바짓단을 줄이고

상처 난 과일을 도려내듯 작품을 만들 것이다

덧칠한 얼룩을 증명할 기록은 어디에도 없다

가을 아저씨의 가위 솜씨로

가을볕은 성형외과 유리벽에 찰싹 붙었다

고압선 철탑

산언덕 위 초록집을 찾은 날
다섯 딸의 정성을 한데 모아
트렁크 안에 그득한 포^脯, 과^果, 주^酒 등등

아지랑이 살살거리고
통통 영근 햇살이 친정집처럼 포근하다
나지막한 등선을 베고 휴식을 누리는 감흥
소나무 아래 시원한 바람도 솔솔 불고 있는데

부모님 산소에 산등성이 지킴이처럼 우뚝 솟은 철탑
웬 철탑이라니!

부모님 허락은 있었을까요
거칠게 내뱉은 다섯 딸은 한숨을 내쉬며
붉으락푸르락 불쾌한 표정만 짓는데
멀리서 아련히 들리는 어머니의 말씀

"야야, 어미는 생전에 나쁜 짓 안 했으니

22

살아생전 이웃을 사랑했으니 무슨 탈이 있겠느냐
고압선 쇠몽둥이에 내리치는 천둥과 번개도 비켜갈 거니
너희들이나 오순도순 지내거라"

모두를 끌어안을 거라 일러주는 듯
묘비에 귀를 댄 잠자리가 다섯 딸을 향해 날개를 폈어요
어머니는 고압선 쇠줄나사까지 감싸 안을 게 분명해요

듬성듬성 구겨진 잔디를 펴는 다섯 딸은
어머니만 같으면
어머니만 같았으면 참을성 하나는 거뜬할 걸, 중얼중얼 이마의 땀을 훔쳤어요

노을은 부모님 묘를 감싸고
조용조용 낮달을 보는 나는
철탑에 걸린 마음을 푸는 데 긴 시간을 허비했지요

오후 햇살이 뒤를 따를 즈음
하늘은 하얗게 산등성이에 내려와 쉬고
고사리 활짝 피어 부모님 곁을 지키고 있으니 다행이다 싶었어요

마음호르몬

신경성 물질은 온몸을 타고 활발하게 분사한다

상쾌
명쾌
호쾌
100%를 꿰맨 흥은 살갑고 당당하다

눈
코
귀
입, 고르게 순방한다

불쾌가 오는 순간
가끔 교란을 일으키는 공격

그건 부실경영이다

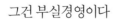

서산 소

야생화 꽃이 늦바람 날 즈음
해도
달도
꾸물꾸물 되새김하듯 낡은 초지 곳곳에 우뚝우뚝
성글한 눈동자가 대답해요

등록금으로
일꾼으로만 알았던
송아지와 어미의 꼬리가 장단을 맞추는 풍경은 방목이에요

누렁이 소 떼 육백삼십팔만 평 안에 의기양양
전국 95프로 씨수소
당당한 황소고집들 목초지에 한가로워요

황소 코뚜레의 위협에도
서글서글한 어미 소 눈매가 보석처럼 윤기가 나요

보물이 생기다

수술실
보자기를 열어 보일 때부터 보물 1호가 됐다

분만실
외침은 하늘을 찌르듯 거칠고
몸부림의 흔적은 시트를 뻘겋게 적시며 깜빡 정신을 놓기도 했다
이틀 동안
입안이 매캐하도록 힘을 쏟은 구슬땀은 거대한 의술醫術의 힘이었다
나비춤처럼 부드럽게 흐느적거리다가
필사적으로 거두는 주술적인 힘은 분만대를 휘어잡다 뒷걸음쳤다
수술대를 빌려서
몸뚱이 큼직하고 뭉뚝한 코와 두툼한 입술을 만났다

첫 만남
복받치는 웃음을 샀다 수십 년 동안 무료다
솜털 벗지 않은 채 발그레한 미소가 어미의 손끝을 긴장시켰던
청중은 아빠와 엄마지만 폭발적이다

삼월

맑은 빛 쨍쨍한 평온이 깔려 있던 병실

흥부의 다리를 고쳐주듯 정성은 가득가득했다

뜻하지 않은 산고産苦로 입원실 바라기를 하는 보름 동안

의료진 전부가 준 포근하고 달달한 보살핌을 포식했다

힘겹게 태어난 만큼

훌륭한 아들이 분명하다고 건네준 신생아실 백의천사의 한 마디

그, 말솜씨를 삼십 년 동안

양질의 보약으로 알고 아들은 장성했다

분꽃과 아버지

저녁노을을 따라
게으른 꽃이 열린다

분꽃의 인기척에 마음을 뺏긴 아버지는
뒤뜰 낮은 풍경으로 뿌려진다
저녁을 송두리째 빼앗은 분꽃
열매 탱글탱글하고
늘어지게 낮잠을 잔 분꽃은 시치미 뚝, 눈곱을 떼고 기지개 폈다

쇠뜸부기 울면 발바닥 논바닥에 깊게 박히고
송곳 같은 논배미 생각은
새벽 힘 솟는다는 처방으로 숨을 쉰다

낡은 뼈마디에
낮과 밤 전부를 진열하는 농사

소리 없는 노을은 붉어만 간다
논두렁 아버지

마당귀를 지날 때면 분꽃은 꽃잎 반듯하게 펼쳐 인사한다
비릿한 논바닥 향이 흐르는 발아래는 야생이다

분꽃에 마음을 빼앗긴 아버지는
매해 치르는 의식처럼 마당귀마다 분꽃을 심고 마음을 쏟아붓는다

매실이 말하다

남쪽 봄이다
수행자와 같은 값이다
겨울을 순례하다 올라왔다

꽃망울은 추위와 강바람과 하늘의 호명으로
책임을 거두는 일
걸어온 걸음 향기도 초록이다

마지막 묻힐 곳이 토기 항아리이지만
휘면 휜 대로
꺾이면 꺾이는 대로 품격은 압력이다
발효다

비틀고
조인 번뇌는
울컥울컥 토해 놓은 자비다

쪼글쪼글 노모의 젖가슴처럼 마지막 모습이다

마지막 모습은 볼품이 없지만

봄의 일조량을 토해 놓은 선물이다

헬륨 풍선

오직 오르는 것이다

땅에는
발끝도 대지 않겠다는 듯

천장에 머릴 박고 매달려 있다

중력을 거부하는 힘이다

개심사

청벚꽃 마디 위에 꽃보살이 피었다
소나무 성격을 단번에 만들어 주는 산기슭
부처님 인연이 깊은 곳, 개심사

토기 그릇 위에 동동 띄운 백색의 꽃
선모羨慕의 사랑을 채운 차茶를 마시며
고요한 울림을 가슴으로 안은 몸
마음을 추스르는 정신의 아름다운 꽃말에 스며
절간 길섶마다 꽃 잔치 벌어진 울안 장독대
봄 공양 만발하여
왕벚꽃 호사에 몸을 데우는
산사의 매력에 푹 빠져든다

하루 끝 햇살, 청광채 흩뿌려져
눈에 시린 빛은 큰 공덕功德이다
한순간에도 쉼 없는 벌과 나비의 수행은 넉넉하다

똥 고개

똥이 웅크린 길섶에 봄이 시끄럽고
등하교 때마다 쇠붙이 부딪치듯 학생들의 수다가 와자했어요

고등학교와 초등학교 사이
똥 고개라 불리는 언덕배기는 당진읍내 위편에 숲길로 움푹 꺼져 굽어졌어요
질척한 황톳길에 푹푹 빠지는 고개를 넘어서면
코를 움켜쥐고 달리든가,
풀숲에 엉덩이를 까고 후다닥 볼일 보는 것으로 외면하기 일쑤
후미진 곳마다 사춘기들은 반항아 분위기를 품어내고 있었으니
허기가 발끝까지 내려와 되돌아가는 경우가 없었던 그때
그 언덕은
늘 맨발로 기세등등했어요

동네 어른의 농 섞인 말
여름 농사는 똥 농사라
똥을 밟으면 재수가 좋다 풍년이다
입소문은
호박밭에도

배추밭에도

고추밭에도 들통이 나고 말았나 봐요

호박 줄기마다 누렇게 꽃을 싸놓은 것은 똥거름 생명표였어요

싱싱한 이파리에도 콧구멍을 비틀고 줄행랑이었던 밭두둑에는 사차선 길이 뻥 뚫린

똥 고개

머릿속에 숨어있는 똥 고개는 대단지 아파트가 꾹꾹 밟고 우뚝우뚝 섰어요

이정표 표지판만 솟대처럼 4차선을 지키고

초록을 삼킨 회색 빛 고개는

가로등 불빛만 요란해요

마음 쪼개기

손에 끈끈이라도 붙었을까

떨어지지 않은 리모컨은 몇 개의 채널에 촐싹촐싹 급한 걸음이지

드라마에 시간을 채우는 저녁의 힘은 등쌀에 모아져

반으로 접은 몸

때마침

정지된 화면이 침울해

월 삼 만 원이면 한 달 거뜬히 산다잖아

까만 얼굴이 티브이 화면을 꽉 메우고

가난이 목구멍을 찌른다네, 눈알이 튀어나와

뾰족한 삶에 등불이 된다는 봉사자의 애끓는 마디에 퍼지는 그것

호소는 조금 나눠도 포도당 같은 진액이라

구겨진 양말박스 가랑이에 끼고

수원역 구석에 코를 박은 땟자국의 노인은 새우등이야

헝클어진 감정을 오그려 봤댔자

가슴을 끌어안아 봤댔자

구둣발 소리에 잠깐잠깐 플래시가 터지고 마는 얼굴

오그린 몸은 목련 봉오리 같은데

솟아오르는 냉기를 받아 하루를 연명하는 무릎에 시계추가 달렸을
노인,
하얀 피부의 눈에 검은 선글라스의 연인들의 자유로운 걸음
사탕발림이나 다를 바 없으리라
헐렁한 양말박스에 동전푼이 밤을 지킬 게야

늦은 방송에 속내를 내놓은 티브이 화면이 바람개비 돌듯
몸을 좌우로 비틀고 홈쇼핑 쇼 호스트가 뿜는 말
울긋불긋 옷자락을 잡고 신상품이라 야단이다
히말라야 산맥도 거뜬하다는 게지
다채롭게 덧칠한 입김은 맹 연기중인 게야
수북수북 쌓인 수십 만 원의 아웃도어를 눈에서 밀어내니
딸려온 아프리카 어린이가 스멀거려
돌돌 말린 손을 펴 마음을 자르자
수화기를 들었다
삼 만 원의 역사를 만드는 게야

벚나무의 감성들

1
봄 이야기가 서쪽에 웅성웅성하면
청벚꽃과 왕벚꽃이 기지개를 펴요

개심사 벚꽃들 초만원이에요 청벚꽃, 왕벚꽃 사이좋게 화들짝 웃음보를 터
트리며 상춘객들 홀리는 재주가 발동해요 카메라 셔터에 벚나무 몸도 덩달아
훤해져요

서산 목장에 벚꽃 정거장을 만들어준 건
느릿느릿 걸음을 걷는 자동차 때문이지요

서산 목장 언덕배기 벚나무가 초록밭에 우뚝우뚝해요 초록마을의 문지기인
듯 양쪽에 나란히 서서 약속이나 한 듯 뭉글뭉글 벚꽃 덩어리들 서로 얼싸안
고 있어요 벚나무 터널을 오르면 정자에 걸린 보름달도 벚꽃에 취해 휘청거려
요

3
용비지에 빠진 벚꽃에 놀란 바람은 얌전하고

분홍빛에 세수한 하늘은 경계가 없어요

산개벚꽃, 털벚꽃, 올벚꽃, 섬벚꽃, 단벚꽃이 한데 모여 용비지에 폭신폭신한 이불을 깔아 놓은 듯 안락해요. 유명 사진작가들 렌즈가 몸살을 앓는다는 소문에 물에 떨어진 꽃들도 수다스럽다고 봄이 귀띔했어요

손

육 남매가 독점했다. 셀 수 없는 다독임은 묵언의 숨이었다. 한시도 육 남매 궤도를 이탈한 적 없었던 어머니의 손, 차곡차곡 닦고 조이고 고운 자리 내놓았다. 가난한 어깨를 꼿꼿이 세워 옹골진 하루하루 만들었다. 일은 지천, 오뚝이보다 더 날쌘 몸짓이다. 새참의 여유에도 손의 중력은 늘 농사일에 멋대로 휘어져 뭉툭하고 두터웠다.

도민증 발급하는 날, 단번에 들통이 났다는 어머니 손은 지문이 없어 위장술로 새겼다는 면서기의 말에 몰래 손도장 찍는 연습을 했다. 손의 자존심은 없다. 물끄러미 바라보던 말이 참 길게 다가오는 거리다.

어머니 손은 하늘로 전입신고를 마치고 내 손의 범위가 좁아졌다. 묵상默想이 뭔지 알겠다. 하찮은 일에도 애를 태운다는 어머니의 말에 마음을 넓히러 네일아트 가게를 그냥 지나친다. 그때마다 어머니의 손이 보인다. 자손들 회오리를 매만지던 손은 많이도 고우리라, 모질게 빚은 자손들은 고공행진이다. 아직 게으른 게 뭔지를 모르는 내 손을 펴니 아들이 보인다.

초록 소문

풀냄새 풀풀한 소문
서산목장의 수만 가지 이야기들
소곤소곤 티끌 하나 없다
가로지르는 고갯길에 새 노래 귀에 또렷하여
제멋대로 풀숲을 노니는 나비와 냉이꽃
마음을 눕힌다

서산목장의 자랑은 초록
풀숲 사이마다 듬성듬성 암소가 수채화로 번지고
유순한 언덕길에 유유히 떠다니는 구름은
하늘을 껴안은 풍경을 만들어 목장이다

소 떼를 방목한 푸른 벌판
짙푸른 힘은 퍼져 나간다

군손님

수명을 설계해 본 적은 없다

몸을 담보로 자리를 잡고 기운을 잡아당기고 혈의 흐름을 중단시키던
어느 날
연장 수명을 승인받지 못한 사실에 심장은 불규칙 파동을 일으킨다

그들만의 자리에 뿌리를 내려 똘똘 뭉쳐 살았을
제멋대로의 자생
서식한 지 십 년이 흘렀다 한다

대참사다
몸과 몸의 소통을 차단하는 성질
젖가슴의 절벽을 점령한 포자가 습한 구석에 풍광을 새긴 고약한 혈류다
약한 구석을 좋아하는 습성 때문에 유선의 통로에 터를 잡았을 것이다
몸의 피로가 만든 접착이다
수분을 먹은 그늘이다

누가

위기가 기회라고 했던가
몸을 뒤지는 탐사는 천진한 눈을 만들고 체온을 낮춘다

비정상적인 세포의 결합은 예쁘지가 않아 반나절을 빌어 제거한다
의사와 절충이나 타협은 없었으나 목소리 톤은 안정적이다
태풍으로 왔다가 순풍으로 사라진 몇 시간의 의술은 마스크 안에 오물거린다
촘촘히 얽어매었으니 발 디딜 틈 없을 거라나,

3월 병실 밖은 붉게 웅성거렸다
어쩜, 평생 같이할 얼룩일지도 모를 불청객을 걷어내는 머리는
한동안 북새통이다
이쯤이 터닝 포인트다

몸살 깨우기

온몸을 휘젓고 다니는 환절기,
불청객이다

열한 개 놀이기구가 신바람이었던
뼈마디마다 서늘한 자리에 단골손님으로
곧잘 고장이 나는데
종종 깊은 수리를 요구하는 독한 뿌리 같은 것
예순 무대 곳곳을 비집고 파고들어 차고앉은 일이 잦다
밉상은 허한 마음까지 치료를 요要한다는 것

맥반석 침대에 몸을 밀착하고 수리해 보지만
잦은 고장은 쉽사리 수그러들지 않는다.
찬바람 산행으로 지불받은 감기는 외로움까지 보태어 공격적이다

365일 휴일이 없는 내과 앞
초록의 허물을 벗고 가을을 받드는 가로수에
위로라도 받고 싶어지는 게 몸살이 아니던가
시간을 돌리고 싶을 때나 무거운 몸을 깨우고 싶을 때

주말 봉사자로 이름난 늙수그레 의사를 찾는데
목이나 코를 찌르는 늦은 후회다

할아버지 의사의 귓속에 낀 청진기가 헐겁게 늘어지고
콧등 아래 휘어진 돋보기 안으로 윗도리를 걷어 올린 온기가 들어가고
입을 벌린 하품이 낮은 품질이다

통통한 약봉지에 몸을 맡긴 침대는 섬이다
골골거리는 낮은 혼자다

2부

여름 夏

평상의 인심

태양을 등져야 제 맛이 난다

호박이파리 출렁출렁
기둥을 입힌 그늘은 후덕하고 살가운 성미다

말초신경까지 건드린
더위를 피해
넉넉한 그늘을 누르고 앉은 여름 피로

공짜로 퍼주는 그늘
평상은 피로회복제다

거미네의 내부

폐가 마을의 거미네
나무와 이파리 사이에 줄을 걸고 공중거래중이다

알밤을 줍다가, 그들만의 방식에 걸린 얼굴은 그들의 성격을 읽는다
찰나를 공격하는 근질근질한 떨림
찾아오는 손님
줄로 친친 동여 묶는 게 융숭한 대접이다
잡아먹는 게 접대다

접대와 대접은 그들만의 방식이다
내부를 파고들면, 그물 칸칸 누드다

살림살이 전부가 허공뿐인 그들의 족적은 줄,
죽음의 덫이다
물구나무 중인 잠자리가 접대를 받고 나비는 대접중이다
줄에 걸린 즉시 식탁이 되는,
꼭 그들이어야 가능한 공중거래다

거래는 비바람이 거세도 줄만 출렁,

신바람 거미네는

손님 맞을 준비에 빠르게 줄을 이어 허공을 넓히고 있다

하늘도시

나무근육들이 고갯방아 까닥거리는 동수원 IC를 빠져나오면 신도시 회색 마을이 있지요. 직선의 빌딩들은 땅에 코를 박고 허공에 기대 우뚝우뚝해요. 화려한 질감의 도시가 하늘에 펼쳐져 빽빽한 그 모습, 이제 하늘도 지분을 팔고 있어요.

터널과 터널이 이어진 듯 막다른 하늘골목들 우러러본 높은 아파트 모서리마다 만개한 불빛은 구름자락 사이로 시시각각 요란해요.

근사한 매무새와 원활한 소통이 최고의 강점이라는 대자보 광고, 이전에는 산과 숲으로 둘러져 밤의 정적은 고요했지요. 간혹 하늘에서 떨어지는 별빛은 어둠을 핥고 밤을 지킨 인색하고 박한 불빛이었어요. 마을을 깨우는 신호가 이른 아침 붉은 해였다는 소문이 번졌어요. 신도시의 강바람, 가을 폭음에 잠을 설친다는 호숫가 도보는 물위에 걸려 둥둥 의붓자식 같아요.

저녁바람 맵찬 딱딱한 회벽 속에서 각자의 칸은 누가 지키고 있을까요. 거대한 블록을 쌓아 놓은 잿빛 도시는 하늘에 멀건 가을 낯을 만들고 있어요. 신도시 개발로 밀려 앉은 건너편 농사마당은 장마 헛농사에 어두워요. 지짐지짐 가을비가 내려요. 갓 심어놓은 가로수 사이에 회벽질한 동호 숫자가 위태로워요. 날마다 신도시의 키가 훌쩍 서로의 키를 재며 하늘로 오르고 있어요.

걸음의 무게

석양은 고요를 점령한다
서릿바람 한 둥치 코끝에 스쳤을 뿐인데
산이다가
바다이다가 번갈아 옮겨 놓는다

추위를 무시하는 습관 같은 게 불쑥불쑥 튕겨 나온다

가을을 배려하는 풀벌레 소리
허공에 뿌려지는 뇌와 비의 거리는 걸음의 무게로 측정된다

목적지가 없는 걸음에서 일어나는 증상이다

귀농 참외

막다른 길목

아내의 우울 증세와 외로움은 꽁꽁 묶어 날리고

맨땅에 정착한 부부

가끔은 삐딱하게 내동댕이쳤던 일상에 틈을 내준 건 참외다

이 함함한 새끼들

이놈들 덕에 잡음이 사라졌다는 희망적 귀농이다

참외농사 아저씨

저녁때 아파트 옆 골목에 노란 플라스틱 참외 박스를 펼쳐놓는다

옆구리가 불룩한 아저씨는 잘 익은 참외 같았다

아이엠에프를 거치고 내려가 고향을 일구던 어느 날, 노란 참외를 먹고

신경성 변비를 쓸어내리고, 이거구나, 옆구리를 쳤다는 이야기는

참외를 팔 때마다 덤으로 얹어준다

몇 번의 실패를 겪고 참외가 미스코리아보다 더 어여쁘다고

하늘 귀가 거둬준 참외 밭에

짓궂은 불황이 얼쩡거렸다는 몇 해

비닐하우스까지 점령한 가뭄과 태풍이 있었지만

54

농사 내내 설설 끓었다는 풍작은

저녁을 반납하고 아파트 담벼락까지 왔다는 참외 아저씨

노을 담벼락에 샛별로 떠올랐다

달의 전상서

초저녁

당신의 둥그런 조깅

저녁을 빼앗긴 공원에서

당신은 가까이 더 가까이 나를 앞지릅니다

국민체조로 억지를 부리다가

옥토끼와 계수나무를 훔쳤던 어린 마음을 훑노라면

당신의 그림자는 승천하고 내 그림자는 지워집니다

때론

갈고리 모양의 뾰족한 구두를 신고 천천히 천천히 걷고 있었습니다

노인의 등처럼 휜 당신의 완벽한 표정술에

나뭇가지에 걸터앉은 가랑잎도 엄살을 부렸습니다

공원 꼭대기 팔각정을 베개 삼아 누워

망원경 속의 당신을 만들어 소원을 쌓다 풀었다

기대다

눕다

밤을 흘리면 살가운 공기가 몸을 꿰맸습니다

당신의 취미를 묻습니다
내 발자국에 박자를 맞추는 매일
물통을 톡톡 치며 목을 축이는 삐딱 걸음은 저녁을 만지작거리는 것
당신을 훔치는 것입니다

지하철 택배

벅찬 무늬다
일개미들의 활동무대다

번데기가 성충이 될 때까지 유통기한이 없는 지하철은
개미들의 저장고
칸칸을 채워 배달되는 경제 택배
포장된 아가미에 몰려든 일개미들 저마다 역할이 있다

진열대 궤도에 고정된 시선을 쏟아내는 여왕개미
몰려든 더듬이가 마네킹을 쓰다듬고 스마트 폰 메뉴에 모두 거북목인데

일개미가 파놓은 미로에
맘대로 시간을 확대하는 광대뼈 얼굴들은 압축된 공기를 마시고
노숙의 파편을 바닥에 털고 있다
개미와 베짱이의 교훈을 살리는 필살기가 툭툭 튀어나온다

부지런함과 게으름을 읽는
잠실역 출구를 재빠르게 빠져나오니 수도권 좌석버스를 기다리는 일개미들

노란 은행잎을 밟고 있다

배달사고는 없었다

사 남매의 불협화음

풍風이다
반쪽 마비는 요양병원 침대에 밀착됐다
병실을 안방 삼아 누운 김씨는 사 남매를 뒀다

풍의 담보가 된 전답의 가격이 폭등했다
금싸라기가 된 입소문은 땅덩어리에 박혀 부동자세다
마을 입구
애경사가 들고나던 느티나무 도로는 헐었다

　수십 억의 농사는 사 남매의 입방아로 짓고 작은 실랑이도 쉽게 돌변하는
우애, 밭뙈기 곳곳에 눈대중의 측량으로 말뚝이 무질서하게 꽂혀 있다. 사 남
매의 힘겨루기는 동네 구석까지 사납게 돌아다니고 기름진 콩밭과 논배미의
비릿한 땀 냄새가 병실에 누운 김씨 등짝에 붙어 있다. 느티나무 단풍처럼 누
렇게 바래가는 나날, 수십 번 일어섰을, 굳어가는 몸은 일자로 방치됐다. 한 치
의 조율이 없는 사 남매를 다스릴 기력은 없다. 한때, 억척스럽던 김씨의 가슴
앓이는 댓잎처럼 빳빳하다.

60

　삐뚤어진 미소가 울음으로 다가와

탈색된 환자복도 함께 늙어가고 있었다

침대 난간을 줬다 폈다 무의식의 힘은 괄약근만 조였으리라

논과 밭은 미래로 왁자하다

융통성이 한 뼘도 없는 가족의 정은 점점 흉년이고

입소문은 꺾일 날이 없다

사 남매의 부작용은 불치로 꽁꽁 묶여 있다

비와 통신하다

폭우

오랜 기다림의 소통이다

목련 이파리의 목젖 떨림이나 느티나무 가지 눈 부릅떴다

헛헛한 혈을 솟구치게 하던 사랑이 그랬듯

속살거리다 딸려 나온 신경통처럼

통증은 절절하고 허기진 것

경련을 일으키는 이별이 그랬듯

바람의 반응을 배설하는 걸음마다

꿀꺽꿀꺽 알몸 수다로 길고 굵다

빗줄기가 가슴에 들어오고

마음의 찌꺼기 싹싹 쓸려가는 것도 소통이다

귀에 증폭기 꽂은 듯

투명하게 들어오는 빗소리와 협상중이다

커피

가마솥 박박 긁던
누룽지의 힘으로
인정도 구수했다

어느 날 숭늉을 밀어내고
쓰디쓴 맛에
오가는 정도 까칠하다

타지에서 굴러온 녀석이
터줏대감으로
한자리 차지하고 앉아

주인 노릇하고 있다

서산 호수공원

갓길로 이어진
인심, 참 둥글다
느려서
고집 센 서산의 어진 마음은 전국인심이라

호수 한복판
팔각정과 연잎으로 빚어진
호수의 자세는 선비처럼 반듯하다

공원의 지느러미로 벤치에 앉은 시민들
연잎 뿌리처럼 깊이 박힌 서산의 힘이 분명하다

불청객의 습격

새벽을 응급실에 던졌다

통증 말고는 아무것도 없는

병원 침대를 얻은 몸은 암소가 여물을 되새김하듯

하루하루 되새김하는 기력으로

세 끼니를 약으로 넘긴다

송곳으로 찌르는 아픔을 끌어안고

겨울밤을 통째로 주무르는데 긴장까지 몸에 들어와

스스로를 홀대하며 오해를 사고 있다

몸 곳곳 제멋대로 악랄하게 헤집고 다니는 통증은

한 폭의 추상화를 그려 놓은 듯 어수선하고 혹독하다

몸은 대상포진을 겨누고 신음한다

눈길을 밟으며 낙엽을 상상하고

뜨거운 만둣국을 넘기며 냉면 육수를 기억하는 나를 점령했다

사선과 직선이 엉킨 것처럼

포도밭 농사

매끈한 나무
뒤틀린 줄기에 늘어진 신기한 포도송이
호기심 많은 손이 어루만졌는데
철사줄에 단단히 묶여 몸통 꼬부라진 삶이었어요
높은 밭두둑 깊은 뿌리에서 끌어올린 힘은
알갱이에 엉겨 물구나무선 포도송이
한철 버티는 고된 노동이었어요

유치원 어린이들 방문에 떠들썩한 감동은
누런 잎 틈새마다 술렁이고
두두룩한 고랑에 선 농부의 노고를 모르고
송이송이 수만 개의 열매에 흐려지는 꼬마들
따가운 볕에 하루를 빠르게 익힌 병아리 떼
갈증은 그늘 속으로 숨어 벌건 색으로 익어가고
선생님이 끌어올리는 높은 음에
어린 꿈 주렁주렁 펼쳐질 믿음이 컸어요

66

땀방울 수북한 수확 곁에 내려앉은 벌

풍광이 탐스러워

쪼그린 하늘빛도 뜨건 기쁨이라는 여자 농부의 이야기

힘에 부친 농부의 날숨소리는 자줏빛이에요

체험의 현장

모두 한 소리로 포도밭 하루는 통통 영글고 있어요

우경 雨景

거리마다 낮은 온도다

하늘의 슬픔인 듯
보도블록 위에 흐느적거리는 비의 걸음이 버겁다
버티다 버려지는 사랑처럼

주룩주룩
날카로운 가슴에 비를 담고 터벅터벅 우는 발은
하늘의 말을 따라가는 중이다

허기의 농도

폭염이 낳은 질병은 유통기한 없고
논바닥 울화가 거북이 등살처럼 파인 가뭄에 지친
그림자가 도심마다 빽빽하다

장맛비도 용서하노라
마른 들판 볏담불이 된 이른 정년들은 가을걷이처럼 우수수 빠져 나왔다
청년실업이 만든 걸작이 아니던가
구직의 사냥법을 탐색하는 실업은 유명대학까지 풍년이다

농부의 주름이 논밭에 누운 과제를 어찌 풀 것인가
조간신문은 막걸리 한 잔도 민망하다는 농부의 탄식을 낱낱이 고백하는데
속수무책이다

임시직의 이른 퇴직,
보도블록 쨍쨍한 열기에 너울진 젊은 걸음마다 무겁고
땡처리, 부도처리 플래카드가 너풀너풀 상가를 가로막는다

자연을 섬기는 논바닥에는 허기가 허둥대고
청년실업의 마감뉴스만 풍년이다

나라에 목숨을 바친 선열先烈에게 읍소하다

묘비
이마의 먼지는 고요한 슬픔이다

유품은
이름 석 자뿐이라도

세월이 흘러도 영원히 죽지 않는
넋을 향해

묵념

노숙의 울음

가난이 뭐냐 묻던 폭언
고급주택이 싸구려다 능청을 부리던 갑부의 아들은
올라간 어깨를 주체할 줄 몰랐다
억세게 올린 어깨의 불량은 언제부터이던가
들락날락 멋대로의 삶은 호사를 버렸다

호화는 대략 십 년
어깨에 완벽한 가난이 몰렸다

질퍽한 하루를 바닥에 터는 몰락
빈곤을 두른 외모가 소문을 타고 동네 구석마다 서글프게 박혔다

돈줄이었던 부모가 좌청룡 우백호에 묻히자
노숙의 힘은 점점 커진다
소주병에 억지를 부리는 일상을 지하철역 모퉁이에 뿌린다
부자가 낳은 실패는
같은 방식으로 복제된다는 매일 밤

애초에 부자는 부자를 낳는다는 속설은 없다

바다, 그대의 그림

물을 읽은 민무늬 시선이라도

그건 관심사다

밀물과 썰물의 눈부신 활약 그대로

해풍의 기류에 잘려나간 모래톱의 각도는 거대한 진경이다

바닷물의 근육질은 찰싸닥 찰싹, 잠겼던 바다를 여는 작업을 한다

통틀어 시詩밭, 사랑 밭이다

몽산포 바닷가 수만 톤의 어생魚生들, 모두가 주인이다

일방적이다

북받치는 감정이 모래사장 이곳저곳에 누웠다

"♡"

비린내 흠뻑 젖은 표정을 누가 버리고 갔을까, 견인할 방법이 없다

첫사랑이 비탈졌을 때

모래 틈에 낀 하트의 기록은 성난 파도가 부수고

꾸물꾸물 신음하는 햇살이 쓸어갔다

바다는 마음을 당기는데 자국이 없다

모래톱에 끼었던 숨소리가 비리고

여름을 마시는 바다는 벌겋게 타들어 가고
사랑은 뚝 잘렸다

바다 이마에 망둥이가 신난 저녁
멍텅구리 배 돛대에 앉은 괭이갈매기
능징이가 엉금거리는 개펄은 은빛의 피날레다

3부

가을秋

발끝

가을빛 잡으러 나섰다
물향기 수목원

겹겹이고 티끌 하나 없다
나뭇가지와 사이마다 가을 이야기 만발이다

가을이 뭉텅이로 달려 응얼응얼
단풍나무 속살 이야기가 노랗게 붉게 층층 같은 값이다

하늘 중앙에 볼록한 해
가을을 보양保養 받은 부름 아래로 밟은 발목에
잔 먼지 일지만
굳은살 발바닥 아래 그려진 화법畵法은 단풍이다

초가을의 유혹에 발자취를 수선하는 건
우호적인 마음은 만드는 것이다

외할머니 다이어트

다이어트 주성분은 손자 셋,

외할머니 허리와 손자는 고리가 됐다
태풍이 다녀간 중앙공원 꼿꼿하던 나무의 허리가 휘었다
중년의 외할머니 허리를 점령한 태풍 손자
세 번째 손자가 태어나고부터 더욱 강렬해졌다는 허리 통증
외할머니는 노을로 익어간다

금쪽같은 것이
영양제 같아서
항생제 같아서
외할머니 대답은 와르르 쏟아지는 게 시원스럽다

시집간 두 딸내미 덕분에 허리 펼 날 없는 외할머니다
과도한 손자 사랑에 위로는 핏줄이라는 말
어떤 방법도 성공 못했다던 다이어트, 외할머니의 허리가 잘록하다
야심차게 밀착한 어부바의 진한 소통도 한몫이다
손자의 막무가내 생떼는 석양을 벗어나지 못한다

하루 분량을 넘어선 외할머니 체력은

어슬렁어슬렁 놀이터를 박음질하지만 호랑이 걸음이다

바람의 구멍

냉기는 바람의 숨이다

불량한 숨 쉬며 나이의 넋두리를 뚝뚝 떨어트릴 때
그늘에 파고드는 바람은 능청스레 잠자는 바람을 깨우고 떠난다

여름 꼬리는 짧다

산과 구름은 은밀한 대화를 나눈 걸까
후한 도량度量으로 굽어진 길의 절벽 아래
산의 허리띠를 흔드는 하늘의 부름이었을까
바람의 목청을 단숨에 재우는
고어텍스 등산복은 쌕쌕 거친 숨의 행렬이다

구름의 혈통은 바람이다

한 발짝 한 발짝 가쁜 숨을 안은 독백의 나는
검은 바람을 맞는데 편서풍의 숨은 소나기이다
빠른 속도로 다가오는 먹구름은 고속열차다

종이컵 커피로 낮의 간격을 좁히는 동안에 다급함을 건드리는 먹구름
바람의 행로는 어디서부터 시작되었을까,
소나기를 낳고 먹구름을 장식하고 떠나는 소리가 거칠다

산자락의 숨을 엿보는
내 숨도 씨근벌떡하다

재래시장 풍경

여봐란 듯 소쿠리에 누운
더덕, 고사리, 도라지, 당근, 녹두, 팥, 수수

모로 누운 생生
조기, 갈치, 고등어, 동태 나란하다

자판 위 삐뚤삐뚤
바나나, 오렌지, 파인애플, 청포도, 키위, 석류

원산지 표기는
중국산 미국산 호주산 칠레산 필리핀산
다국적 감정들이 우리나라 입맛을 붙들고 있다

그 많던 국산은 어디로 갔을까

82

3000번 몸을 던지던 날

– 철야기도

벗나무 열매가 익어가던 날 거실 공간이 좁아질 때마다 내 머리도 덩달아 좁아지고 있었다. 작년 벗꽃이 다시 피어 열매를 맺는 단순한 이치에 봄이 오 갔다. 채우는 흐뭇함은 아주 잠깐, 하루가 일 년처럼 길 때 길 양쪽 흥건하게 떨어진 벗꽃 입술이 헐었다. 현현한 탐욕貪慾은 해를 거듭할수록 몸 이곳저곳 뿌리는 뻗는다.

오직 아들입시만 꿈꾸던 날, 법당 안 정갈한 온기방석이 나란하다. 범전梵殿 에 피어오르는 향은 벗꽃향보다 진하게 코를 뚫는다. 밤을 새워 3000번 몸을 던지는 까닭을 수없이 캔다. 검은 그늘 같은 것이 있어 오그린 낮은 곡조다. 힘 을 다한 기도祈禱 무게가 무릎을 휘감을 무렵, 수만 개 납덩이가 온몸을 휘감는 다. 사나운 탐貪을 헤치는 밤샘 작업은 양파껍질 벗기듯 멀리 던져 버렸다. 무 소유 스님의 말을 가슴에 밀어 넣는 방석 위에 뚝뚝 떨어지는 땀방울, 새벽 동 틀 개심開心의 열매가 알알이, 나를 깨우는 혹독한 성찰이었다.

공군씨

구름 복면의 체감 온도는
고도,
입구와 출구는 어디 있나요
당신의 고음에
하늘은 파랗게 대답해요
그대의 바람을 먹은 새들은
쫑알쫑알,
애국의 정신을 구석구석 퍼트리고 있어요

공군씨

그대를 위한 꿈을 꾸고 있을, 하늘과 땅 사이에 그대의 집을 지었나요. 현기
중이 나는지 새들이 비틀거려요. 그건 공중을 달리는 발자국이 아닐까요. 언
덕 너머 산과 구름은 서로를 맞잡고 얼싸안았어요. 그대의 마을에 그대의 정
거장은 있나요. 이 목청이 아무리 높은들, 하늘의 길에 닿기나 하겠어요.

가슴은 모자母子의 관계, 그대의 사용설명서를 알았어요. 그대가 내게 오던
날부터 꿈을 하늘에 올렸나 봐요. 공군씨의 이름은 하늘의 덕이라 파란 군복
의 이름이 빛났지요. 10전투비행장의 일꾼이 된 그날부터 이 사회의 든든한

바람막이인 걸 알았어요. 그대라는 하나의 그림으로 나라의 면역성을 키우는
세상은 그대의 것이라는 걸 알았어요.

　어둠이나 땡볕이나
　강추위 따위는 자막에 불과하다 했지요
　그대의 의지는 나라의 뼈대고 나라를 지키는 기둥이라고

경계를 넘은 귀가 가쁘다

동네 의원

수술실 앞에서

아들의 수술을 기다리는 동안

하얀 가운

움직임이 산만하다

짤그락

짤그락

핀셋 튀는 소리가

불안한 심장을 찌른다

어미 귀는

닫힌 문을 열고

이미 수술실에 들어갔다

예禮는 우아하다

산천초목마저도 지켰던 예禮가 거실 천장에 떠다니는 듯

풍겨 나오는 기운은

네모 거실을 둥그런 바닥으로 만들어 놓아요

부럼을 깨물던 날

테이블 위 편안하고 순종적인 웃음들

계단식 5층 집에 방문한 여인들은

저마다가 예禮

둥근 테이블 앞 다도茶道 회원들 바른 대화를 거머쥔 예의 최강자였어요

정을 던지며 서로를 읽는 동안

피어나는 꽃차 앞에 무릎을 꿇고 양손을 포개어

예를 뿜어내고 있어요

개량한복의 안주인의 손아귀에 동그란 찻잔은 수평을 이루었어요

사계의 역에서 사기詐欺가 자라다

백옥 같은 정을 뿜어내는 일품 말씨

부촌 아낙네를 본뜬 조여자의 봄에 기적이 울린다

이웃의 감성을 입에 물고 매끄러운 아침 인사 거르지 않는 조여자

건설회사 임원 남편 건실한 두 아들을 팔며 매사가 하하 호호

모임 앞자리를 차고앉은 매력의 여자

명품 백을 여닫는 입자랑은 승객을 모으기 시작한 비밀이다

팔랑귀 친구들은 새콤한 귀요기에 승차를 서두른다

행선지가 없으며

종착역도 모르는

조여자의 수사법에 승차하는 사탕역은 아주 달다

조여자 맘대로 쳐 놓은 그물에는

집문서가 열 개에 충청도 땅이나 분당 상가를 늘어놓기 일쑤지만

땅이나 상가건물은 조여자의 차분한 입술에서 흘린 입문서뿐이었다

탑승한 승객들과 팔짱을 끼고

열대야의 거리를 마다않고 걷는가 하면

부동산까지 승차시키는 입장단은 여름 무더위도 사라졌다

승객은 다발적으로 늘어나고

종종 바닷가나 계곡 바람을 대령하는 조여자

철석같은 믿음은

역사 한 바퀴 돌고 돌아도 풀리지 않는 짱짱한 재물역

능숙한 속임수는

부동산과 승객을 태우고 가을 수확을 마치듯 빠른 속도로 달린다

모으고 보듬던 경제를 몇 천에서 수억을 실어준 친구들

김밥집 노총각의 젊음을 바친 배달료까지 끌어 당겼다

시어른 종교에서 친정 자매들까지 임의 승차시킨 조여자

파렴치한 수법은 재빠르게 번지고 기적소리만 남기고 사라졌다

모 지역에 동섬서홀東閃西忽한다는 후문

동네 은행나무 열매마다 주렁주렁한 소문은 주르르 쏟아지고 있었다

어디서, 누구를 홀리며 제 버릇 또 작동하고 있을까

사기역은 어둡고 냉하다

지명수배라

사라진 역을 찾은 승객들은 낭떠러지로 추락하는 대형 참사다

쉼

하늘의 호의에 감사하는
전국 아웃도어 열풍이 옹기종기 단풍이다

나무 그늘에 족적을 깔고 앉아
한걸음 가깝도록
나무와 바위와 휴식과 공정한 거래를 한다

경계가 없는
새
물
꽃
나무
바람
구름
햇살

노곤 노곤한 몸 편안하다
가파른 생각을 치유하는

산은

낮은 곳의 훌륭함과

높은 곳의 속내가

안정적이고 공손하여 예의까지 자연이다

소리를 만지는 것

귀에 들어오는 족족

짝짝 달라붙는 자연의 힘들은 어깨 위에 올라와

내 것이 아닌 내 것이다

바람

뼈다귀 없는 소리가 나를 다독거리고 있다

병아리가 모이를 쪼고 하늘 한 번 올려 보듯

하나하나 귀를 열면 낙숫물 떨어지는 소리는 고막에 착착 달라 붙는다

돋는 달이

달이 아니고

석양의 지는 해가

해가 아닐 때가 있다

산으로

들로

복잡한 머릿속을 휘젓는 소리

| 마종옥 제3시집

밤꽃

돌연사로 남편 잃은 김 여인은 가난에 찌들었다

이웃들
안 됐네
안 됐어
끌끌 혀 차는 일이 잦았다

마을 뒷산마다 밤꽃 만발하고
어둠을 두른 밤꽃 향 뿜어내던
그믐날
살림살이 고스란히 놓은 채 동네 구부러진 길로 몸을 숨겼다

동네 여인들 입에서 자자한 소문이 번져갔다

밤꽃 향 치맛자락에 묻혔을 껴
비밀 문을 열고 비린내를 담았을 껴,

밤꽃이 져도
김 여인은 끝내 돌아오지 않았다

연명 수당

언제부턴가
쭈그러진 빛을 발견하고 한숨이 터지는 것은
새벽의 질긴 긴장을 묶어놓는 생生의 투쟁이다

어제도 그랬고
오늘도 그랬으므로
호시탐탐 몸을 노리는 냉기가 격의 없이 찾아와
통증을 뿌리고 간다는 것을
뒤집어 아린 통증이 생명이었다는 것을 알아차리니
티끌 하나도 선명하게 보인 것,
작은 불빛 하나도 공짜가 아니었다는

어느 날
들판 초록도 숲속 산책도
베란다 꽃 화분도
고개를 쳐들고 나를 부른다

살짝 잡아당기는 어깨통증도

94

덜컥 겁이 났던 봄을 던지고
나를 선택한 직선의 길을 찾는다

잠깐의 휴식에도 달 보며 어둠을 배우고
해를 보며 더위를 읽는 일은
특별수당처럼 즐거운 일이다

바람의 눈

귓속말 소곤소곤하는 바람을 보았나요

유랑의 길을 떠나는 나그네처럼
뒷모습을 남긴 표정에 언 땅을 녹이는 말처럼
따뜻해, 포근해, 사랑해
백목련 꽃봉오리에 앉았던 바람에 꽃이 활짝 피더라는
담벼락 담쟁이 볼을 스쳤더니 볼록 싹이 돋더라는
바람의 너스레를 들었지요

겨우내 사납던 추위를 푸는 서로의 만남은
동맥과 정맥이 흐르는 수많은 세포들에 새순이 돋았고
진달래 가지에 잔풍이 일던
어느 날
여자와 남자가 만나 참 예쁘게 빛이 났지요
서로를 알리는 흡입을 소화시키는 데 많은 세월을 지불했어요

장맛비에 폭염이 씻기듯
깔끔한 품성에 금이 가

세찬 바람과 소나기를 피해 추녀 밑에 숨었더니

장마 끝 바람은 동네를 휩쓸고 다녔어요

숨 크게 쉬면 거센 태풍이 되고 마는 바람의 눈

우거진 숲속에서 낮잠을 즐기다가

기척도 없이 다시 찾아올지 몰라요

펜

컴퓨터 자판 앞에 볼펜 하나가 누웠다
간혹 한 번 세워 보는데 밋밋한 반응이다
잉크 펜을 집어삼킨 볼펜은 질긴 근성으로 나를 잡고 있다

헐렁한 속을 채워주던 잉크 펜
어두운 그가 속살을 보일 때
사랑의 질주가 시작됐다
단발머리 나를 우려내는데 손가락 마디 굳은살은 반항적 증거물로 그럴싸했다

어둡고 허름한 책가방 구석이 펜의 집이다
종종 울컥울컥한 분을 참지 못하고 검은 똥을 지리는데
그의 뼈이고 살이었다
노환의 어머니가 지린 검은 똥이 생의 마지막 신호인 걸 몰랐듯이
가슴 철렁 몇 번을 거치고 떠난 어머니
내 사춘기 눈금이 부풀어 오를 때
연인처럼 녹진녹진, 그건 살이고 뼈로 상처를 꿰매는 것으로
수많은 사연 훑으며 뭉뚱그려 났다

잔뜩 골이 난 뽀로통 내민 입
그 많던 잉크 펜은 어디로 숨었을까
펜과 한통속이던 나의 궁굼한 속내를 치장해 준 사연들이
가지가지 색으로 거드름을 피우며 얼마나 많은 새벽을 맞이했던가

감성의 맛을 넘치도록 받아먹은 손끝이 얼얼했던 고놈은 죽마고우다
잠든 추억을 깨우는 날
가짜 같은 진짜가 뜨거운 조명을 끌어안고
ㅁ의 귀족 펜으로 백화점 명품코너에 쓰러져 있다
뼈와 살은 은빛을 발사하고 검은 똥도 비린내도 없었다

한통속

학창시절의 후렴이다

학번을 벗긴 명성名聲은 쉬지 않고 걸었지만 모두는 평등하다

가을빛에 부풀린 민머리 친구가 건네는 말
"와! 변함이 없구나."

동문 체육대회 날
입김은 삼십오 년 전의 감정이다

헛발 투성이 족구
헛손질 배구
얼음판을 걸어가듯 자빠지고 일어서는 이어달리기
줄다리기의 동아줄 소리가 하늘을 찌르는
그동안의 복면들이다

기수마다 앉은 자리가 제자리
은행나무 그늘막에 깔깔 웃음들은 흑자로 돌아와

어찌할까 구김살 없는 풍채를

세월을 담아 오가는 술잔
굵은 몸은 뭉칠수록 더 풍성하다
모교 운동장의 깃발은 영원한 인연의 징표로 펄럭이고
은행나무 만발한 노란 잎은
배불뚝이 중년의 나이만큼 흐드러졌다

가슴 이별

울컥,
가을 하늘이 어둡구나

삶이 신세계라며
반백 년 달달한 걸음이더니
마지막 이야깃거리가 단촐도 하다

조간신문 굵은 글씨가 꿀 소식을 준들
아무리 둥그런 말을 건넨들
이 애달픈 심정 어디에 뿌릴 것이오

야윈 광대뼈 사이로 흐르던 눈물

병원 문턱을 아랫목으로 만든다는 그가
휴지통에 버려진 쓰레기도 귀하더라는 그가
잘려 나가는 시간을 보태는 건
부엌살림을 정돈한다던 그가
병실 침대와 지남철이라도 되고 싶다던 그가

도진 병에 점점 휘청거리던 그가

속눈썹 몇 번 진저리를 치더니 세상과 입맞춤을 끝냈다

삶

통일씨

굵직한 대화를 거머쥔 대한의 최강자라 부르렵니다

둥그런 테이블 앞에 앉아 야무진 말로
속삭이고 다독이고 쓰다듬어 평화의 통일씨를 만들고 싶습니다
새소리 자유로이 경계를 넘고 강물의 물줄기는 회오리를 칩니다

통일씨
호랑이 등살 무늬 지도 속에 이어지는 태백산맥 사이마다
둥글둥글 떠다니는 시간 들의 안안한 분위기를 어찌하렵니까,
당신을 높이 사렵니다

당신과 하나가 되는 그 날까지
떠나버린 님 그리듯
예를 다지듯
당신의 이름을 통통하게 여물게 하여 당신의 도시를 만들고 싶습니다
둥그란 찻잔에 미량의 녹차 부스러기를 띄우며 당신을 그리워합니다

파란 하늘과 푸른 바다
산천초목마저도 그어진 선을 허물고 있습니다
통일씨,

꽃잠

첫날밤은
행복의 중심을 통과해서

죽음의 터널까지 도착하자는

둘만의 약속을
몸으로 확인하는 날이다

4부

겨울 冬

핏줄

식혜 속 밥 알갱이 같고
만두소 김치 같고

유산이나
유언 앞에서

금세 맛이 변하는

보약

아침 수건이 젖었다
숭숭 뚫어진 구멍이 많으니 부드럽지만
운다
아침마다 빳빳한 부모님의 모습에 엄두도 못낸 대꾸
말대답이 흐려질 때마다 낮잠의 꿈은 더 커지고 깊어진다

일찍 댕겨라
한 마디가
하루를 짓눌릴 때
복에 겨워 복을 잊었다

애써 꾸미지 않아도,
엄하게 꾸짖지 않아도
부모님의 교훈이 육십 줄에도 벗겨지지 않고
아침 수건처럼 축축하게 젖어 있다

일촌관계

숟가락과 젓가락 한 쌍
내 기력을 찾는 조력자로 임명한다

유기그릇 비빔밥에 쿡 찔러 앉은 솟대 같은 팽팽한 네 모습과
뚝배기가 부르트도록 누룽지를 끓이는 굴림에도
단단한 네 체질
뚝배기와 유기그릇의 독백을 침묵으로 일관하는
너의 채근을 달게 받는다

너는 얼마나 내 손을 빌어 살아왔는가,
하나의 연장에 불과한 네가 식탁 맨 앞자리를 차고앉아
나를 거역한 적 없는 공손한 태도로
평생 인연으로 섬길,
그렇게 같이 늙어 갈 것을 인정한다

포크, 나이프를 오르락내리락
넉살부렸던 거리는 멀고 까마득하다

입에 날름 들어왔다 나갈 뿐이지만

끼니마다 따라붙은 인연을 어찌 외면할 수 있겠는가

너와 나는 영원한 일촌이다

돈, 품에서 곰삭다

우그린 가슴이 부챗살 뼈대처럼 앙상궂은 어머니
허리춤에 얽어맨 빨간 복주머니가 쭈글쭈글하다
시큼한 냄새로 겹겹이 가쁜 숨 몰아쉰 주머니 속 만원 몇 장
방바닥을 핥은 생의 품에 갇혀 구겨진 쌈짓돈
긴 잠에서 깨어나 날숨 쉬는 날이다

음력 정월 초하룻날
흩어져 사는 질긴 힘줄 같은 손자들이 모인 거실
군불 지피듯 달궈진 끈끈한 인연들이 재잘거린다
껍질만 남은 어머니 잔등을 울리는 엉성한 헛기침 소리
훈훈한 바람을 몰고 온 핏줄 틈에 끼어
몸을 잔뜩 웅크린 치매는 얼굴 가득 웃음이다

증손자 마음까지 호린 돈주머니는 설날 자유를 외치는데
손자 손바닥 안에 조몰락조몰락
자손들이 홍수처럼 왔다가 태풍처럼 쓸고 간 휑한 아랫목
또 다시
칠십 줄 딸내미가 채워 넣은 측은한 몫은

꼬깃꼬깃 기다림만 쌓여 깊은 잠에 빠질 것이다

아낄수록 빛나고 아낄수록 긴 숫자라는 젊어 어머니 말
기억의 샘물이 동이 난 어머니는
가장이만 남은 앞마당 대추나무를 보며
내 제삿날을 기다리는 대추라며 치매기 섞인 말을 한다

뇌 잔혹사

머릿속 수치를 어떻게 잴까

진자리
마른자리는 다섯 딸이 쓸어갔지만
온순한 천성은 고품질이었던 여자

최근 들어 터무니없는 에너지를 발산한다
거실 바닥에 거친 바람을 일으키며 가시방석을 만들어 놓는 매일
적당한 억지와 불량한 고집을 부리는 게 무기다

주인공이 된 치매
호시탐탐 집 밖 풍경에 집착이 주제가 되는 모노드라마 같은
여자의 하루는 현관문 앞이 전부다
꾀병처럼 읽지 못하는 증상
머리의 영향력이 깨지는 순간

부부의 희극이 사라진 지 오래다
거실 벽에 걸린 가족사진만 웃고 퀴퀴한 옷가지가 묵묵하다

다섯 딸을 키워낸 근성은 거실 장에 먼지로 멈춰

온몸이 슬픔이라는 남편

자주 눈여겨보는 돌봄도 고약하다고 자책한다

여자의 이력은 손아귀 힘

달랑 하나

부동의 뇌를 추적하는 남편은 혀를 차는 게 일상이다

짝

자물통과
열쇠가 한통속이듯

숟가락과 젓가락이
서로의 힘을 주고받듯

바늘과 실이
같이 걸어야 매듭이 되듯

부부는
시침時針과 분침分針처럼 살아간다

116

육십 세의 작품

갓밝이 막이 오른
절반의 드라마

이 드라마는 반전이 없다

가래떡과 아버지

농사의 피가 쌀이라 하였다

배곯던 때 내내
농사가 끼니고 끼니가 삶이라던
울퉁불퉁한 아버지의 팔뚝에 빨려 들어간다
한 섬지기 논두렁을 다듬을 때 농사 외고집은 흙의 힘

싸리나무 채반도 설이다
채반답게 살아온 일생이 아버지의 어깨와 나란하다
구멍 숭숭 뚫린 귀퉁이마다 배인 땀
반질반질 손때 위에 흰 살결 곱게 받든 가래떡,
그건 아버지 팔뚝 힘을 모아놓은 것이다

농사가 나라의 근본이다
장거리 방앗간을 다녀와 민낯의 원통을 슬쩍슬쩍 눌러보는 아버지 표정은
보름달처럼 훤하다

118

낡은 논바닥에 흰 눈이 뽀얗게 쌓인 날

온갖 사랑을 삼킨 자식들 풍요로운 툇마루에 옹기종기 모였다
정월 초하루 덜미를 잡은 가래떡의 근육
객지로 나간 이웃 친지들 들어오는 마을 입구 소란한데
어머니 잔걸음에도 풍년이 들었다

겉살이 민감한 가래떡을 나눠 먹는 것도 뜨거울 때라는 것
까맣게 그을린 어머니는 자식 수만큼
원통을 갈래갈래 나눠놓는데
그때만큼은 어머니 얼굴이 가래떡처럼 하얗게 고왔다

초보운전

사방이 장벽이다

—아이가 타고 있어요
—저도 운전이 무서워요
—아이 학교 보내고 밥해 놓고 나왔어요

별의별 핑계를 다 붙여놓아도
인정사정 없는 도로

초보는 초보일 뿐이다

관심사

헐렁헐렁한 옷이 헐렁한 감정을 만든다
서울과 수원, 서산으로 다각형으로 다가온 박음질 같은 말은
중간 형제를 잃은 후다

관심의 초점이 된 것은
육십일 막내가
살아있음을 감사하자는 단순한 큰 가르침

수시로 들어오는 당부의 말과 안부는
고막 속에 그득그득 쌓인다

얼음장 말이 뜨거운 말이다

붉은 올가미

붉은 뺨에 홀로 애태우는 당신은
사랑의 달인
가슴에 담는 순간 그대의 흡입력에 빠져 버려요
무능한 감각에도 그를 품자마자 착지하는 사랑을 어이 할까요

섣달 그믐날 밤,
오늘은 그대의 날인가 봐요
유독
연말에 곤궁한 사랑을 요구하는 당신은 구세군 자선냄비

묵직한 연말 분위기에 얼음 손을 쥔 명동 길
진눈깨비 방해꾼이 길목을 덮쳐도 당신의 옆구리가 돋보이는 걸요

당신의 빨강 생존법에
종의 체머리를 흔드는 롱코트 사관생
교감하던 사랑의 불씨라도 지피려면
손과 가슴이 뜨거워야 해요

122

이웃사랑을 낳느라 하루를 다 쓰고도
매서운 추위를 받는 이유를 알아요
당신의 사랑은 붉은 올가미라는 것을
일 년에 한 번 어김없이 반해 버리니까요

기일

이별 연습을 해 본 적은 없다
영영이라는 걸 생각이나 했을까

부모상 모시는 날
그리움이 폭우로 쏟아진다
살아생전 해바라기이었던 모정이 사무치는데
저승의 길은 밤에만 열리는 걸까
기일의 밤은 느린 속도로 엄숙하다

다칠세라 마음 내리쏘던 할머니 전에
맘대로 규칙을 버리는 장손
일 년에 한 번 칼질하는 손자는 진지한 표정으로 외톨이 밤을 친다

늙은 냄새 서로 옮겨가며 이별의 얼룩을 만들었던
안방 부모님
두 분의 모양새가 쭈글쭈글한 마지막 빛이다

앞니가 빠져 나간 듯 헐렁한 자식 수를 예측이라도 했을까

진심이 저승으로 가는 0시
하늘은 어둡다

24시간

남편의 아내로 아침 준비를 하고
남편 출근 후 집안의 안주인이 되지요

휴대폰 속 이웃
고개를 쓱쓱 밀어올려요
수다중에는 쾌활한 친구로 돌변하다가
통신 속 메시지가 볼록하면 인자한 엄마로 바뀌지요

노랗게 익은 가을이 싸늘하지만
서울 가는 버스 승객으로 기사님 등을 믿고 앉아
메모하는 잠깐 동안
시인이 돼 있지요

잔정이 넘치는 재래시장을 어슬렁거리니
서해의 비린내가 범벅인 통로마다 앞치마를 두른
칸칸의 주인들에게는 손님으로
언니 집을 방문하니 동생으로
호탕한 이모로

재미나는 이모할머니로
상황이 바뀔 때마다 품격을 조종하는 조종사가 돼요

며느리와 통화하는 도중 처음 겪어보는 시어머니가 됐어요
이 많은 역할을 소화시킨 하루의 피로가
저녁 침대에 눕자
다시 남편의 아내로 돌아왔어요

아홉수

다섯 번을 넘겼다

앞산 칡향 따라 까치 우짖는 소리 소란할 때
붉은 담쟁이 담벼락에 붙었을 때, 길수라 하면 꺼리는 날이 있을까

물부터 아홉 동이 기르고 천자문 아홉 번 읽고 새끼줄을 아홉 발 꼬았다는
날에 매 맞으면 아홉 대 맞아라. 나무 아홉 단을 했다는 정월 대보름날에 일 년
을 기리는 일이라 친다면 과하다 싶다가도 그럴 듯도 하다가도 고르지 못한
삶을 다스리는 숫자이니 다행이다 싶다가도

지난밤 꿈을 살펴도 불길한 게 없었으니
운 좋게 딱 맞아 떨어져 손이 없다는, 어른의 말에 의하면 아홉이라는 숫자
에 결혼도 피하느니라

운수는 길상吉祥이거니
아홉을 잊어보는 것 앞으로 몇 번이나 있을까

갈치구이

겨울바람은 강도 높은 수위를 자랑한다

온도가 높을수록 길은 넓어지고 제한 속도가 없는 시속은 자유분방하다
치솟는다
속력은 보호막이 없다

서릿바람도 제치는 능력은 바다의 은빛 신사로 제주도의 길이만큼 훌륭하다

밀물과 썰물이 만들었을 노릇한 잠음은
비린내와 비린내가 산책하는 보행로는
허공이다

우리 집 건강증명서

소주 한 병도 가당찮다 뚝 잡아떼는 멀쩡한 얼굴

누구도 알아챌 수 없는 취중의 남편은

사극을 뒤지며 스포츠의 뿌리를 캐고

조선왕조 오백 년에 눈을 훑고 채워도 목이 마른다나

아프리카 마지막 밀림 속 뗏목에

기차가 지나는 풍경을 만드는 상상력은 다큐멘터리가 되고

부드럽게 스미는 산줄기와 물줄기 엮어 한국기행을 만들며

깊은 밤을 설치며 눈을 팔고 있는 나

농구나 야구로 주말을 제압하고

청춘을 불사르는 원동력을 발휘하는 아들

발목 인대가 끊어져도 땀범벅 휴일에 홈런하듯

슬램덩크 슛을 던지고 장거리 리바운드하듯 하루가 길어진다

세 식구

각자의 건강증명서이다

이별의 꽃

열여섯 살은 봄기운과 불안이 포개져 솜털 보얗게 피어났다. 달포에 한 번
피우던 꽃은 뜨겁게 달아오르는 해와 같다. 봉긋하고 탱탱하게 아문 진달래
꽃봉오리처럼 소녀는 이제 여자로 피었다. 개울가 서릿발에 잠들었던 버들강
아지의 물오른 젖줄 가지마다 꽃술 터지듯 봄 빛깔이다.

삶의 절반을 삼켜버린 지는 해의 뒷모습처럼 누렇게 익어가고 35년을 지킨
몸엣것을 떠나보내는 연습중이다. 융숭한 몸이 늙어간다는 것과 곁을 떠나는
행사는 느낌 그대로다. 토라진 몸을 달래기도 한다. 되돌릴 수 없는 당연한 이
치에도 얼굴에 열이 오르고 잠을 설친다. 몸의 풍경에 땅거미가 지는 것이다.
염염한 불빛 같은 홀가분해진 자유의 노출에 고개가 수그러진다. 뒷산 고갯길
을 넘을 때 식은땀을 훔치듯 달아오르는 몸, 오십 중반을 쥔 이력에 마지막 치
장을 하는 것이다.

▌작품리뷰

　인생은 나그네길이라는 말에 새삼 공감하게 되는 연치, 회갑을 맞고 보니 참으로 바쁘게 살아온 지난날을 되돌아보게 되고 특히나 어려웠던 유년의 시절을 회억하면서 내일의 희망보다는 지나온 삶의 의미를 되씹어보는 시간, 휴식 혹은 재충전의 시간을 더욱 깊게 생각해 본다.

　적어도 보편적인 인간 모두는 자신의 의지와는 상관없이 운명의 길, 그 길에서 생로병사의 과정을 맞게 되는데 그 여정이 대부분 주연보다는 조연으로 흐르지만 마종옥 시인에게 있어서는 그 무엇보다도 시가 있어 당당히 주연의 반석에 자리하게 된다.

　삶 또한 누구나 직면하는 도정으로서 거기에 담긴 색깔이 개성을 연출한다고 보면, 어떤 사람은 붉은 색의 삶을 살 것이고, 또 어떤 이는 푸른 색의 삶을 살 것이며, 개중에는 노랑물이 든 정신을 휘두르며 사는 경우도 있을 것이다. 이런 현상은 정서라는 감정의 흐름을 어떤 쪽으로 이끌고 갈 것인가라는 그야말로 시인의 정신이 지휘하는 방향타에서 결정될 것인데 일종의 요리사와도 같다 할 것이다. 뛰어난 요리사는 평범한 재료로 맛깔스러운 음식을 만들어낸다. 시의 경우도 마찬가지, 시인의 능력이 특이할 때 그가 빚어내는 창조의 시는 더욱 맛깔스럽다.

　이런 견지에서 평생을 올곧고 반듯함에 천착해 온 마종옥 시인이 인생의 큰 전환기인 회갑을 지내면서 '쉼' 에 대해 깊이 생각해 보는 시간, 혹은 요리하는 지면을 마련했는데 그런 의미에서 이 시집도 오래도록 새겨 보면 더욱 깊은 맛을 느낄 수 있을 것이다.

(김재엽/ 문학비평가)